Alphabet mythologique.

ALPHABET

MYTHOLOGIQUE

GRAND ALPHABET

MYTHOLOGIQUE

OU L'OLYMPE EN TABLEAUX

PAR

Mlle EMMA FAUCON

PARIS

THÉODORE LEFÈVRE, LIBRAIRE-ÉDITEUR

SUCCESSEUR DE J. LANGLUMÉ

2, rue des Poitevins.

1860

Corbeil. — Typographie et stéréotypie de Crété.

ALPHABET RÉCRÉATIF

A B C D E

F G H I J

K L M N O

P Q R S T

U V X Y Z

Æ Œ W

LETTRES ITALIQUES

MAJUSCULES

A B C D E F G H I J
K L M N O P Q R S T
U V X Y Z

MINUSCULES

a b c d e f g h i j k l m n
o p q r s t u v x y z æ œ w

LETTRES ROMAINES MAJUSCULES

A B C D E F G H I J
K L M N O P Q R S T
U V X Y Z Æ Œ W

LETTRES MINUSCULES

a b c d e f g h i j k l m n
o p q r s t u v x y z æ œ w

LETTRES CONSONNES

b c d f g h j k l m
n p q r s t v w x z

LETTRES VOYELLES

a e i o u y

a, â; e, é; è, ê; i, î; o, ô; u, û; au; eu; ou; an; ai; ain; en; ein; in; on; un.

SIGNES D'ACCENTUATION

L'apostrophe	'
L'accent aigu	´
L'accent grave	`
L'accent circonflexe	^
La cédille	¸

SIGNES DE PONCTUATION

La virgule	**,**
Le point et virgule	**;**
Les deux points	**:**
Le point d'exclamation ou d'admiration	**!**
Le point d'interrogation ou de doute	**?**
Le trait d'union ou tiret	**—**
La parenthèse	**( )**

CHIFFRES ROMAINS

I	**II**	**III**	**IV**	**V**	**VI**	**VII**	**VIII**
un,	**deux,**	**trois,**	**quatre,**	**cinq,**	**six,**	**sept,**	**huit,**

IX	**X**	**C**	**D**	**M**	**N**
neuf,	**dix,**	**cent,**	**cinq cents,**	**mille,**	**dix mille.**

CHIFFRES DITS ARABES

1 2 3 4 5 6 7 8 9 0

un, deux, trois, quatre, cinq, six, sept, huit, neuf, zéro.

SYLLABES

ba	be	bi	bo	bu	ma	me	mi	mo	mu
ca	ce	ci	co	cu	na	ne	ni	no	nu
da	de	di	do	du	pa	pe	pi	po	pu
fa	fe	fi	fo	fu	qua	que	qui	quo	qu
ga	ge	gi	go	gu	ra	re	ri	ro	ru
ha	he	hi	hi	hu	sa	se	si	so	su
ja	je	ji	jo	ju	ta	te	ti	to	tu
ka	ke	ki	ko	ku	va	ve	vi	vo	vu
la	le	li	lo	lu	xa	xe	xi	xo	xu

za ze zi zo zu

MOTS DE DEUX SYLLABES

a bri	ha chis	o bas	voi sin
bon bon	im pôt	pa pa	vo lant
ca non	jou jou	qua tre	xys te
din de	ki lo	ro se	yo le
es poir	la cet	se rin	zè bre
fa ble	ma man	tou pie	
gâ teau	na cre	u ne	

MOTS DE TROIS SYLLABES

a bri cot	fa bri que	ka mi chi	pan tou fle
ba var de	ga let te	lé gen de	qua li té
ca ba ne	ha bi tant	ma ro quin	ré col te
dra gon ne	i ma ge	na cel le	se mai ne
é tren nes	ja lou sie	o cé an	tu li pe

MOTS DE QUATRE SYLLABES

au bé pi ne	fé li ci té	ki lo li tre
bel vé dè re	gi be lot te	la bou ra ge
ca ma ra de	hi ron del le	mar me la de
dé co ra teur	in no cen ce	né gli gen ce
é cu moi re	jar di na ge	o me let te

MOTS DE CINQ ET DE SIX SYLLABES

é cha fau da ge	dé sin té res se ment
o bé is san ce	frau du leu se ment
fa vo ra ble ment	ka lé ï dos co pe
in dé pen dan ce	qua li fi ca ti ve
gé né reu se ment	vrai sem bla ble ment
his to ri et te	o do ri fé ran te

APOLLON

Ce Dieu était fils de Jupiter et de Latone. Il vint au monde dans l'île de Délos.

Il était appelé Phébus au ciel lorsqu'il conduisait le char du soleil traîné par quatre chevaux; mais sur la terre il portait le nom d'Apollon et était reconnu pour le dieu de la beauté, de la poésie, de la musique, de l'éloquence et généralement de tous les arts.

Apollon délivra la terre d'un monstre affreux que Junon, la reine du ciel, avait créé du limon de la terre. Cette déesse, jalouse de la mère d'Apollon, avait ordonné à cet effroyable serpent de poursuivre sans cesse Latone et de lui lancer continuellement des flammes par ses cent têtes.

Le serpent Pithon poussait des cris effroyables, et son corps couvert de plumes dans la partie supérieure était terminé par des serpents qui touchaient en même temps le ciel et la terre. Apollon le perça de ses flèches.

Le fils de Latone fut exilé sur la terre pour avoir tué les Cyclopes, et Jupiter le condamna à perdre sa divinité et à gagner sa vie comme un simple mortel.

Ce dieu fut en Thessalie garder les troupeaux du roi Admète : ensuite il offrit au roi Laomédon de bâtir les murs de Troie. Il jouait de la lyre et les pierres allaient se poser d'elles-mêmes.

Quand les murs furent achevés, Laomédon refusa de payer le prix convenu, et Apollon indigné affligea le pays d'une épouvantable peste.

Il avait un fils appelé Phaéton. Celui-ci supplia son père de lui laisser conduire son char; mais les chevaux, ne reconnaissant plus la main de leur maître, s'approchèrent trop de la terre et faillirent la réduire en cendres. Jupiter lança sa foudre et Phaéton fut englouti dans l'Éridan, aujourd'hui le Pô.

BACCHUS

BACCHUS était fils de Jupiter et de Sémélé. Aussitôt sa naissance, Mercure, sur l'ordre de Jupiter, le porta à Nysus, qui le fit élever dans les antres de Nysa en Arabie.

Les filles d'Atlas prirent un si grand soin de lui que Bacchus, par reconnaissance, les changea en étoiles et les mit au ciel sous le nom de Hyades.

Ce dieu combattit avec courage les Titans qui voulaient s'emparer du ciel, et après cette victoire il descendit sur la terre. Bacchus fit la conquête de l'Inde et c'est enrevenant de ce pays qu'il vit la belle Ariane et qu'il l'épousa.

Dans son enfance, un jour qu'il jouait au bord de la mer, des pirates s'emparèrent de lui, le lièrent et l'emportèrent sur leur vaisseau. L'enfant, qui connaissait sa puissance, se moqua d'eux, et les liens qui le retenaient tombèrent d'eux-mêmes.

Ce prodige ne convainquit pas les pirates et le capitaine ordonna de lever l'ancre. Le pilote seul fut d'avis de remettre Bacchus en liberté. On rit de son conseil : alors ce dieu fit voir sa puissance en paraissant couronné de feuilles de vigne et ayant à ses pieds des tigres et des léopards. A cette vue les pirates furent tellement effrayés qu'ils se précipitèrent dans la mer où ils furent changés en dauphins.

Bacchus était très-jaloux du culte qu'on lui rendait et il se vengea bien cruellement contre les filles de Minée.

Le jour des fêtes de Bacchus, elles affectèrent de travailler à la tapisserie, qui était leur occupation ordinaire. Ce dieu, pour les punir, les changea en chauves-souris et leur ouvrage en lierre.

On représente Bacchus sous la figure d'un beau jeune homme blond, couronné de lierre ou de pampres, tenant une grappe de raisin. Ses épaules sont couvertes d'une peau de tigre. Un léopard est couché à ses pieds.

CÉRÈS

ÉRÈS eut pour père Saturne et pour mère Cybèle. Elle fut nommée déesse de la terre ou de l'agriculture.

Un jour elle apprit que sa fille Proserpine venait de disparaître. Au désespoir, cette mère infortunée résolut de la chercher par tout l'univers. Pour ne pas perdre de temps, elle alluma deux flambeaux sur le mont Etna, afin de poursuivre sa course nuit et jour.

Pendant son voyage la déesse vint à la cour de Triptolème, roi d'Éleusis, et pour reconnaître l'hospitalité que ce souverain lui accorda, elle lui enseigna la manière de cultiver la terre.

Le quittant bientôt après, elle rencontra la nymphe Aréthuse à qui elle demanda des nouvelles de sa fille. Cette nymphe lui dit que Pluton, roi des enfers, l'avait enlevée. Cérès descendit aussitôt dans le ténébreux empire. Là elle sut que Pluton avait épousé sa fille et que Proserpine était la reine du séjour des morts.

A cette nouvelle, Cérès s'éleva jusqu'à l'Olympe, se jeta aux pieds de Jupiter, père de Proserpine, et réclama sa fille. Le maître des dieux lui promit que ses vœux seraient exaucés si Proserpine n'avait rien mangé depuis qu'elle avait quitté sa mère ; le destin ne permettait son retour qu'à cette condition.

Malheureusement pour Cérès, Ascalaphe, fils de l'Achéron et de la Nuit, dit qu'il avait vu Proserpine manger sept grains de grenade, et Cérès eut la douleur d'entendre Jupiter condamner sa fille à passer six mois aux enfers et six mois sur terre.

La déesse, pour se venger de l'indiscrétion d'Ascalaphe, le changea en hibou.

Elle métamorphosa aussi en lézard, un jeune enfant nommé Stellio parce qu'il s'était moqué d'elle, pendant qu'elle mangeait avec trop d'avidité une bouillie que la grand'-mère de celui-ci, lui avait offerte.

Cérès est représentée entourée des produits de la terre, couronnée d'épis et tenant une faucille d'une main et de l'autre une gerbe. On lui sacrifiait une truie.

DIANE

IANE était la sœur jumelle d'Apollon, et les dieux lui avaient donné trois emplois à remplir.

Dans le ciel, sous le nom de Phébé ou Lune, elle était chargée d'éclairer la terre.

Aux enfers elle présidait aux jugements des âmes, et la terrible Hécate était redoutée des mortels.

Sur terre elle se nommait Diane, et était la déesse de la chasse. Toujours accompagnée de quatre-vingts nymphes, dont soixante étaient filles de l'Océan, cette déesse parcourait les forêts suivie de chiens, un carquois sur l'épaule et un arc à la main.

Diane tira une cruelle vengeance du mépris que Niobé, reine de Thèbes, eut pour Latone. Cette reine, mère de quatorze enfants, en conçut tant d'orgueil qu'elle méprisa Latone au point de vouloir même arrêter les sacrifices qu'on faisait en son honneur. Cette déesse chargea ses enfants de punir cette orgueilleuse. Apollon perça de ses traits tous les fils de Niobé, pendant qu'ils s'exerçaient dans une course de chevaux, et leurs sœurs, étant accourues aux cris de ces malheureux jeunes gens, tombèrent sous les flèches de Diane. Amphion, leur père, se donna la mort et Niobé fut métamorphosée en rocher.

Diane était très-fière de sa beauté et surtout très-vindicative. La nymphe Chioné osa se comparer à elle, et Diane dans sa colère la tua. Deucalion fut si affligé du malheur de sa fille qu'Apollon eut pitié de lui et le changea en épervier.

Diane protégea un jeune berger nommé Endymion ; mais celui-ci, ayant eu le malheur de s'attirer la colère de Jupiter, fut condamné à un sommeil éternel au fond des enfers. Diane, qui sous le nom d'Hécate est une divinité infernale, ramena Endymion sur la terre et le plaça tout endormi dans les grottes du mont Lathmos, où les rayons de la lune viennent le visiter.

ESCULAPE

ESCULAPE, fils d'Apollon et de la nymphe Coronis, fut, aussitôt sa naissance, exposé sur le mont Tisshéion, à Épidaure. Il serait mort, si une chèvre attirée par ses cris ne se fût présentée pour le nourrir; un énorme chien se joignit à la chèvre et veilla sur tous les deux pour les défendre.

Aristhènes, conduisant son troupeau de ce côté, aperçut le petit enfant et remarqua qu'il avait une auréole de feu sur la tête ; ne doutant pas que ce ne fût un dieu, il l'emporta et en prit soin.

Or, cet enfant fut depuis le dieu de la médecine.

Esculape était chez une personne malade, et songeait aux moyens de lui rendre la santé, lorsqu'il vit un serpent venir à lui et se rouler autour de son bâton, il le tua ; mais bientôt survint un autre serpent, qui, au moyen d'une herbe qu'il portait à la bouche, rappela à la vie le serpent déjà tué. L'examen de la plante découvrit à Esculape le secret de ressusciter les morts.

Le fils d'Apollon trouvait chaque jour l'occasion d'exercer son art merveilleux. L'expédition des Argonautes, dont il fit partie, lui fournit le moyen de signaler aux mortels étonnés sa puissance divine. Il rendit l'existence à plusieurs guerriers qui avaient succombé dans ce voyage.

Cependant Pluton, roi des enfers, voyant son peuple diminuer chaque jour, s'informa de la cause qui le privait ainsi de ses sujets les plus illustres. Il apprit que c'était le fils d'une mortelle et alla se plaindre à Jupiter. Le maître des dieux s'irrita qu'on osât violer ses lois et lança sa foudre contre l'audacieux bienfaiteur des hommes.

Apollon intercéda pour son fils, et le divin Esculape fut placé parmi les astres, avec le serpent, emblème de sa puissance.

Esculape épousa Épionne la Calmante et eut pour enfant Hygie, la déesse de la santé.

Ce dieu est représenté sous les traits d'un homme grave et réfléchi, il tient à la main un bâton autour duquel un serpent est enroulé.

FAUNES

Les faunes étaient des demi-dieux qui habitaient les forêts et les montagnes. Un d'eux était fils de Picus, roi du Latium ; il prédisait l'avenir et était un des plus fameux augures de ces temps fabuleux. Cependant malgré tout son talent il n'eut pas l'art de deviner sa destinée, car il refusa d'épouser la fameuse enchanteresse Circé, et celle-ci, pour se venger, le changea en pic-vert ou pivert.

Un défi que le dieu Apollon fit à Pan, un autre faune, fut la cause d'une singulière vengeance du premier.

Pan avait voulu comparer sa flûte à la lyre d'Apollon, et les deux rivaux prirent pour juge Tmolus, roi de Lydie, qui proclama Apollon vainqueur. Midas se trouvait présent lors de la lutte entre les deux dieux, et, comme tous les ignorants, voulut donner son avis ; il adjugea donc au contraire la victoire au dieu des bergers ; Apollon, qui connaissait tout son mérite, et qui regardait comme une offense qu'on pût penser autrement, se vengea de Midas en lui donnant des oreilles d'âne.

Le pauvre juge fit tout ce qu'il put pour cacher le présent d'Apollon sous un bonnet phrygien, qui est de forme élevée. Malheureusement il avait un barbier très-bavard, et comme il avait vu les oreilles de son maître, il brûlait d'en parler ; mais Midas était roi et il avait peur d'être puni de son indiscrétion.

Le pauvre homme était bien malheureux, car son secret l'étouffait; enfin, n'y pouvant plus tenir, il creusa la terre, fit un trou et lui confia son secret.

Mais, ô prodige ! à cette place même il s'éleva des roseaux qui, au plus léger souffle du vent, répétaient :

Midas, le roi Midas a des oreilles d'âne.

GÉNIE

On appelait ainsi des divinités intermédiaires qui présidaient aux bonnes et mauvaises actions des hommes. On les croyait produits et créés par le feu, et c'est pour cela qu'on les représentait avec une flamme sur le front. Ils pouvaient se rendre à volonté visibles ou invisibles.

Les bons génies avertissaient les mortels des dangers qui les menaçaient, des périls qui pouvaient se rencontrer sous leurs pas pendant un voyage ; ils apparaissaient dans leurs songes et leur révélaient l'avenir pour les mettre en garde contre les événements futurs.

Les mauvais génies, au contraire, entouraient les hommes d'embûches de toutes sortes.

Ils les attiraient dans des piéges, simulaient la voix d'individus en péril pour les faire tomber dans une rivière ou dans un précipice, et dans toutes les choses ils cherchaient à faire le plus de mal possible.

Ils étaient connus sous différents noms et leur nombre se multipliait à l'infini. Les Larves, les Lémures, les Goules, les Peris, les Djinns, les Gnomes, les Willis, les Follets, les Lares, les Lutins, les Elfes, les Fées, etc., etc., étaient différentes dénominations qui servaient à distinguer à toute époque, chez les peuples de l'Orient et de l'Occident, ces êtres surnaturels.

Ils apparaissaient tantôt sous une forme particulière, tantôt sous la figure humaine, quelquefois ils se montraient sous l'apparence d'un animal quelconque.

Chaque localité avait son génie protecteur ; chaque famille, chaque personne même était sous la dépendance ou sous l'influence d'un ou de plusieurs génies bons ou mauvais.

En Grèce et à Rome, des temples ou des autels leur étaient consacrés et leur culte était accompagné d'une grande pompe.

HERCULE

Hercule était fils de Jupiter et d'Alcmène. Dès son bas âge, cet enfant annonça par son courage qu'il serait un héros, car étant encore au berceau, il prit deux serpents que Junon avait envoyés pour le faire périr et les étouffa dans ses petites mains.

Eurystée, frère d'Hercule, eut peur qu'il ne lui ravît son royaume, et profitant de son droit d'aînesse il lui ordonna d'accomplir douze travaux. Ce méchant frère espérait qu'il périrait; mais au contraire Hercule se couvrit de gloire.

Il commença par tuer un lion énorme qui ravageait les environs de la forêt de Némée et se revêtit de sa peau.

Le second de ses travaux fut de détruire les oiseaux du lac de Stymphale, en Arcadie. Ces animaux avaient la tête et le bec en fer, avec des ongles crochus. Ce fut au moyen de timbales d'airain que Minerve lui avait données qu'Hercule sortit vainqueur de son combat avec eux.

Le plus grand de ses travaux fut de vaincre l'hydre de Lerne. C'était un serpent énorme qui avait sept têtes : à mesure qu'on en coupait une, il en renaissait une autre, Hercule le tua avec une faux d'or. Iolas, qui l'accompagnait, brûlait chaque tête dès qu'elle était coupée de peur que le sang qui en dégouttait n'en fît renaître une autre.

Il prit vivant le sanglier de la forêt d'Érymanthe; monstre qui désolait l'Arcadie.

Hercule poursuivit pendant un an une biche aux pieds d'airain et aux cornes d'or; après l'avoir attrapée il l'apporta à Mycènes.

Il dompta un taureau qui soufflait des flammes par les narines.

Son septième exploit fut de tuer Busiris, qui sacrifiait à Neptune tous les étrangers, et Diomède, qui nourrissait ses chevaux avec de la chair humaine.

Il vainquit les Amazones, célèbres guerrières.

Hercule détourna le cours du fleuve Alphée pour nettoyer les écuries d'Augias, roi d'Argos.

Ce dieu terrassa Géryon, qui avait trois corps.

Il enleva les pommes du jardin des Hespérides.

Son douzième exploit fut d'aller aux enfers chercher Thésée.

JUPITER

Ce dieu était fils de Saturne et de Rhée. Sa mère, pour le soustraire à la cruauté de son père qui avait promis à Titan, son frère, de dévorer tous les garçons qu'il aurait, confia Jupiter aux Corybantes ; ceux-ci emportèrent l'enfant, sur le mont Ida, dans l'île de Crète.

Jupiter y fut nourri par la chèvre Amalthée. Ce dieu, pour la récompenser de ses soins, la mit au ciel dans les constellations ; avant sa mort il donna une de ses cornes aux Corybantes. Il attacha à cette corne la propriété de produire tout ce qu'on désirait. Elle fut nommée alors *corne d'abondance.*

Jupiter, apprenant le secret de sa naissance, s'empara du trône de son père et devint le maître de tous les dieux.

Il épousa Junon qu'il nomma reine de l'Olympe. Il eut d'elle trois enfants : Hébé la déesse de la jeunesse, Mars le dieu de la guerre, et Vulcain le dieu des forges ; c'était lui qui forgeait les foudres de Jupiter.

Les Titans ne laissèrent pas Jupiter régner tranquillement et ils vinrent l'attaquer dans l'Olympe. La divinité qui accourut la première à son secours fut la déesse Styx, l'aînée des filles de l'Océan et de Thétys, elle était suivie de la Victoire, de la Puissance, de l'Émulation et de la Force.

Pour la récompenser Jupiter dit que les dieux eux-mêmes ne pourraient enfreindre un serment fait par son nom.

Après un combat acharné, les Titans furent vaincus et Jupiter les précipita dans les entrailles de la terre.

Le maître des dieux ne pouvait supporter qu'un mortel lui fût comparé, et les sujets d'un roi d'Athènes nommé Périphas, ayant dit que leur roi était aussi bon que Jupiter, celui-ci indigné voulut d'abord foudroyer l'infortuné Périphas; mais il retint sa main injuste et se contenta de transformer le bon roi en aigle.

Assis sur son trône, son sceptre d'une main et son aigle à ses pieds, c'est ainsi qu'on représente Jupiter.

KRODO OU SATURNE

RANUS, ayant appris qu'un de ses fils le ferait périr, les renfermait dans un sombre cachot aussitôt leur naissance; sa femme Titea, qui n'approuvait pas les violences de son époux, rendit la liberté à Krodo son fils bien-aimé, et celui-ci délivra aussitôt ses frères.

Saturne détrôna son père et voulut prendre son royaume; mais Titan son aîné ne le permit pas. Une guerre allait éclater entre les deux frères quand Titea obtint de son fils aîné qu'il céderait ses droits à Krodo à la condition qu'il n'élèverait aucun fils.

Ce Dieu acquiesça d'autant plus facilement à cette clause de traité qu'Uranus lui avait prédit qu'il serait à son tour détrôné par un de ses fils. Il résolut de les manger.

Krodo avait déjà dévoré Vesta, Cérès, Pluton, Neptune, quand Rhée en tendre mère se décida à sauver Jupiter et Junon. Elle garda cette dernière auprès d'elle et donna une pierre emmaillottée à son mari à la place de Jupiter. Krodo, croyant que c'était son fils, la dévora. Malheureusement l'enfant cria et les Titans découvrirent la fraude, ils déclarèrent la guerre à Saturne le vainquirent et l'enfermèrent dans une étroite prison.

Jupiter devenu grand rendit la liberté à son père, il lui donna un breuvage qui eut la vertu de lui faire rendre sains et saufs les enfants qu'il avait depuis si longtemps engloutis dans son estomac.

Cependant l'oracle revenant dans la mémoire de Saturne, il chercha à faire périr Jupiter, mais n'ayant pas réussi il lui fit la guerre. Jupiter vainqueur le chassa du ciel.

Après sa défaite, il se retira en Italie, chez Janus. Pour remercier ce roi de l'hospitalité qu'il lui accordait, il lui apprit à cultiver le sol, à diviser l'année, l'usage des monnaies, les règles de la justice et fit tellement régner les vertus sur la terre que cette époque se nomma l'*âge d'or*.

Saturne a des ailes pour montrer la rapidité du temps, et une faux, parce qu'il moissonne tout.

LYBAS

YBAS était un Grec qui avait assisté au siége de Troie, dans l'armée du sage Ulysse. La flotte de ce prince ayant été jetée par une tempête sur les côtes d'Italie, Lybas insulta une jeune fille de Temès; les habitants la vengèrent en tuant Lybas.

Quelque temps après cette mort, un dragon ailé s'abattit sur la ville et commença à porter la désolation dans toute la contrée. Son haleine empestée faisait périr tous les oiseaux, et les flammes qu'il lançait desséchaient les prairies et mettaient le feu aux forêts.

Après le départ de ce monstre, les fleuves débordèrent inondant tout le pays, et les eaux en se retirant laissèrent un limon bourbeux dont les exhalaisons amenèrent une peste qui faisait périr les Temésiens. Ceux-ci justement effrayés allaient quitter la ville quand un habitant eut l'heureuse idée d'aller consulter l'oracle d'Apollon. Il leur fut répondu que pour apaiser les mânes de Lybas ils devaient bâtir un temple et sacrifier chaque année une jeune fille. Ils obéirent à l'oracle, et Temès n'éprouva plus aucune calamité.

Quelques années après, un brave athlète, nommé Eutyme, s'étant trouvé à Temès le jour du sacrifice, fut touché de compassion pour la malheureuse victime qu'on devait immoler. Il s'approcha du grand prêtre et lui dit qu'il avait l'intention de combattre le spectre de Lybas. Vainement celui-ci essaya de le détourner de son entreprise en l'assurant que toutes les personnes qui avaient lutté contre le spectre avaient succombé sous ses coups. Eutyme cependant persévéra dans sa résolution.

Il s'enferma seul dans le temple : les Temésiens entendirent de grands cris et virent une ombre s'enfuir. Le spectre était vaincu.

Les habitants reconnaissants donnèrent de grandes richesses à Eutyme et il épousa la jeune fille délivrée par lui.

MINERVE

N jour, Jupiter éprouva un mal de tête si violent qu'il commanda à Vulcain de la lui fendre d'un coup de hache. Aussitôt on vit sortir de la tête du maître des dieux une déesse armée de pied en cap et la lance à la main, c'était Minerve.

Elle était regardée comme la déesse de la sagesse, sous le nom de Minerve, elle présidait aux sciences et aux arts, et sous celui de Pallas, elle était la déesse de la guerre.

Comme elle disputait à Neptune l'honneur de nommer la ville que Cécrops avait bâtie, les dieux décidèrent que celui des deux qui produirait la plus belle chose, lui donnerait un nom. Minerve fit croître l'olivier et Neptune créa le cheval. Il fut décidé que l'olivier, comme emblème de la paix, est plus utile à l'humanité et Minerve choisit le nom d'Athènes pour la nouvelle ville.

Quoiqu'elle fût la déesse de la sagesse, elle était très-jalouse et ne pouvait souffrir aucune rivale. Ayant appris que la jeune Arachné l'égalait dans l'art de la broderie, elle en fut si courroucée qu'elle lui donna plusieurs coups de navette sur la figure.

La pauvre Arachné alla se pendre de douleur, mais Minerve la soutint en l'air et la changea en araignée.

Minerve a la taille imposante ; sa figure est belle et fière en même temps ; elle a sur la tête un casque surmonté d'un hibou, son oiseau favori, à la main une pique et au bras la fameuse égide.

Ce bouclier était recouvert de la peau d'un monstre appelé Egis qui, né de la terre, vomissait feu et flamme avec une fumée si épaisse et si noire qu'il désolait la Phrygie. Minerve combattit ce monstre et le vainquit. Elle avait mis sur cette égide la tête de Méduse, fille de Porcus ; cette femme étant dans le temple de Minerve ne s'était pas bien conduite, et la déesse irritée métamorphosa ses cheveux en serpents et donna à sa tête la vertu de changer en pierres ceux qui la regardaient.

NEPTUNE

Neptune était fils de Saturne et de Rhée. Quand son frère Jupiter s'empara de l'univers, il le partagea avec ses frères. Pluton eut les enfers, et Neptune l'empire des eaux.

C'est sur les ondes mêmes de la mer qu'on le représente. Il est debout sur un char formé d'un large coquillage et traîné par des chevaux marins ; il tient dans sa main le trident avec lequel il commande aux flots de se soulever ou de rentrer dans le calme, et ordonne aux vents de parcourir la terre ou de se renfermer dans leurs antres.

Sa cour, formée de dieux marins et de tritons qui font retentir l'air du son qu'ils tirent de leurs conques, l'environne et suit en nageant son char qui vole sur les eaux.

Neptune fut chassé du ciel pour avoir conspiré contre Jupiter. Il arriva chez Laomédon, roi de Phrygie, en même temps qu'Apollon. Ces dieux proposèrent au roi de l'aider à relever les murs de Troie. Quand l'ouvrage fut fini, Laomédon refusa de remplir ses engagements et Neptune pour se venger envoya un monstre marin qui dévorait tous ceux qu'il pouvait atteindre.

Les Troyens au désespoir consultèrent l'oracle, qui dit que pour apaiser le courroux du dieu de la mer, il fallait exposer Hésione, fille de Laomédon, à la fureur du monstre. Hercule proposa à son père de délivrer cette princesse à condition qu'il accorderait sa main à Télamon, son ami. Laomédon promit, mais ce prince sans honneur ne tint pas sa parole et Hercule le tua.

Neptune désira épouser Amphitrite, mais cette déesse étant peu disposée à contracter cette alliance, ce dieu chargea deux dauphins d'être les négociateurs de ce mariage ; ils donnèrent de si bonnes raisons à la déesse qu'elle consentit à devenir souveraine des mers. Neptune, pour récompenser ces habiles dauphins, leur assigna une place dans le ciel parmi les astres et les doua d'une vitesse plus grande que celle de tous les autres poissons.

OMPHALE

OMPHALE était une des plus jolies mortelles de l'univers, mais aussi une des plus coquettes. Fille du roi de Lydie, cette princesse acceptait et rejetait tour à tour les prétendants que son père lui présentait pour l'épouser.

Hercule, en parcourant la terre, s'arrêta en Lydie, vit Omphale et la demanda pour femme à son père. Le roi la lui accorda, mais cette princesse dit qu'elle ne lui donnerait sa main que s'il tuait un fameux géant nommé Antée. Ce fut vainement que la cour lui fit observer que ce géant était trop éloigné de ses États pour venir y porter la désolation. Omphale ne voulut se rendre à aucune raison et Hercule partit pour combattre Antée.

Ce géant habitait les sables de la Libye, en Afrique ; il avait promis à Neptune, son père, de lui bâtir un temple avec les crânes des hommes qu'il aurait vaincus. Aussitôt qu'il vit Hercule, il le défia ; mais celui-ci le terrassa plusieurs fois ; cependant le monstre avait à peine touché la terre, sa mère, qu'il recouvrait toute sa vigueur : Hercule s'en étant aperçu le tint longtemps en l'air et l'étouffa.

Avant de revenir en Lydie, il arriva une aventure assez singulière à Hercule. Comme il se reposait dans les sables de la Libye, une fourmilière de Pygmées, qui étaient de très-*petits*, *petits* hommes, voulurent venger la mort de leur roi : Antée. Ils profitèrent du sommeil d'Hercule pour s'approcher de lui et pour essayer de le lier avec des cordes ; celui-ci ne fit que rire de leur dessein et se contenta de les mettre dans sa peau de lion pour les emporter et les offrir à Omphale.

Cette princesse voulut encore éprouver l'affection que ce héros avait pour elle, et elle exigea qu'il prît une quenouille, des fuseaux, et qu'il vînt filer parmi ses femmes. Hercule y consentit ; mais se voyant l'objet des moqueries de tout le monde il comprit que la femme capable de demander une chose avilissante à un homme ne mérite que le dédain ; alors il l'abandonna et partit.

PANDORE

ROMÉTHÉE créa une statue d'argile qui représentait un homme d'une admirable beauté, auquel il ne manquait que le souffle divin qui anime toute chose qui se meut. Par la faveur de Minerve, il monta au ciel et ravit au char du *soleil* une étincelle éthérée. Avec cette étincelle il donna la vie à sa statue et l'appela Epiméthée.

Jupiter, jaloux de la créature de Prométhée, voulut se venger de cet orgueilleux qui pensait rivaliser avec lui. Il fit venir l'habile Vulcain et lui commanda de faire une femme, en argile aussi, et de lui donner la plus grande beauté. Vulcain s'empressa d'obéir à son père et il reparut bientôt avec sa statue qui fut animée du souffle de la vie.

L'Olympe se réunit pour la douer de plusieurs dons. Minerve lui mit une ceinture et une tunique d'une blancheur éclatante ; des bandelettes d'or retenaient ses cheveux. Vénus lui donna l'amabilité et le charme qui attire. Mercure plaça sous sa langue l'éloquence mielleuse et dorée, et Pitho y mit la persuasion. Les Grâces l'ornèrent de colliers d'or.

A tous ces présents Jupiter ajouta le sien. C'était une petite boite bien close, qui renfermait, disait-il, la récapitulation de tous les présents dont elle venait d'être comblée. Ainsi belle, ainsi parée, Jupiter l'envoya sur la terre pour offrir la boite mystérieuse à Prométhée. Mercure fut son guide à travers l'espace.

Prométhée ne voulut pas accepter la boite de la jeune créature qui lui venait du ciel et la renvoya loin de lui.

Elle alla se réfugier auprès d'Epiméthée, qui, plus jeune et moins prudent que son père, accueillit la céleste fille que les dieux avaient nommée Pandore, qui veut dire tout don. Epiméthée l'épousa et ouvrit la boite. Aussitôt il s'en échappa un nuage de maux qui se répandit sur la terre; l'Espérance resta seule au fond.

QUIÈS

Quiès était la déesse de la tranquillité et du repos, elle avait épousé le Sommeil, fils de l'Erèbe et de la Nuit.

Leur palais était dans un antre écarté et inconnu où les rayons du soleil ne pénétraient jamais. A l'entrée se voyaient une infinité de pavots et d'herbes assoupissantes. Le fleuve d'oubli coulait devant ce palais, et son doux murmure servait à berçer mollement les époux, c'était le seul bruit qui fût entendu dans ce séjour calme et paisible.

Les Songes étaient les esclaves de ces deux divinités. Ceux qui sortaient par une porte de corne étaient de véritables visions et allaient prévenir les mortels du bonheur ou du malheur qui les attendaient sur terre. Les autres passaient par une porte d'ivoire et allaient bercer les humains de vaines illusions.

Junon, la déesse du ciel, vint un jour trouver le Sommeil afin qu'il endormît son auguste époux, car elle méditait la perte d'Hercule. Ce dieu se laissa fléchir et agitant sa baguette magique, plongea Jupiter dans un sommeil si profond, que Junon ayant déchaîné les vents, Hercule fit naufrage et manqua de périr loin de ses compagnons sans que le maître des dieux se réveillât.

Cependant ce repos ne pouvait toujours continuer, et Jupiter fut dans une violente colère quand il s'aperçut du tour que le Sommeil lui avait joué. Il le chercha partout et sans doute il l'aurait précipité du haut des cieux dans les abîmes de l'Océan, si la nuit ne l'eût caché près d'elle.

Aussitôt que Quiès apprit le danger de son époux elle se présenta au pied du trône de Jupiter pour implorer sa clémence. Le Repos et la Tranquillité suivant cette déesse firent rentrer le calme dans l'âme de Jupiter, qui pardonna au Sommeil.

RENOMMÉE

LA Renommée était la messagère de Jupiter; elle était chargée d'aller annoncer à l'univers les hauts faits et les actions héroïques des dieux et des hommes. C'est ainsi que la guerre des Titans, la conquête de l'Inde par Bacchus, le siége de Troie, les exploits d'Hercule sont parvenus jusqu'à nous.

La Renommée nous apprend aussi que Castor et Pollux furent deux frères qui s'aimèrent d'une amitié si grande qu'on les cite encore à présent comme des modèles à imiter. Castor se distingua dans l'art de dompter les chevaux et Pollux dans l'exercice de la lutte.

Ces jeunes gens étaient très-courageux et ils parvinrent à chasser de l'Archipel les pirates qui infestaient les mers.

La Renommée ne pouvait laisser ignorer aux hommes l'exploit si remarquable de l'enlèvement de la toison d'or. Phryxus, voulant éviter les persécutions de sa belle-mère, se sauva sur un bélier dont la toison était d'or; arrivé en Colchide, il sacrifia ce bélier à Mars; la toison d'or fut mise dans un champ consacré à ce dieu, où un dragon redoutable la gardait jour et nuit.

Jason, célèbre guerrier, résolut de s'emparer de cette toison; il s'embarqua sur un vaisseau appelé Argo. Arrivé en Colchide, il franchit une barrière gardée par deux taureaux qui avaient les cornes et les pieds d'airain et qui vomissaient des tourbillons de flammes; il assujettit ces deux animaux au joug et laboura avec une charrue de diamant un immense champ. Il y sema les dents du serpent que Cadmus avait tué, et massacra les hommes qui naquirent de ces dents. Ensuite il endormit le dragon avec une herbe et prit la toison.

On représente la Renommée sous les traits d'une jeune femme ailée et une trompette à la bouche.

SIBYLLE

On nommait ainsi des femmes qui prédisaient l'avenir et rendaient des oracles. Leur nom veut dire *inspirée de Dieu.*

Lorsqu'on venait les consulter, il fallait d'abord leur offrir des présents pour elles et pour le dieu qu'elles desservaient.

Elles montaient alors et s'asseyaient sur un trépied ou siége de fer ou de bronze reposant sur trois pieds et recouvert de quelque peau de bête fauve. Les unes prenaient certains breuvages composés des sucs de plantes narcotiques ou irritantes ; les autres s'entouraient de réchauds sur lesquels brûlaient des parfums et des essences dont les vapeurs, en s'élevant, les faisaient quelquefois disparaître aux regards ; d'autres se préparaient par un jeûne de quelques jours ou par une nourriture spéciale ; quelques-unes s'abreuvaient du sang des animaux offerts ou sacrifiés ; quelques autres enfin s'endormaient dans le sanctuaire de leurs dieux et à leur réveil racontaient leurs songes.

Alors leurs figures s'animaient, elles entraient dans un état d'excitation extraordinaire et jetaient au consultant des mots ou des phrases desquelles il devait extraire un sens applicable à l'objet de la demande.

La plus célèbre d'entre elles fut la sibylle de Cumes, ville de Campanie. On montre encore aujourd'hui entre Pouzzoles et Naples une grotte qui porte le nom d'Antre de la sibylle. On dit qu'elle avait consigné dans un livre les destinées et l'histoire de Rome. Ce livre fut brûlé dans un incendie.

Les sibylles se servaient quelquefois d'une harpe pour exciter leur imagination par leurs chants et pour rendre leurs oracles. On prétend que l'une d'elles, saisie d'un accès de fureur ou de folie inspirée par l'état où l'avaient mise ses évocations, se précipita dans la mer pour conjurer par ce sacrifice les malheurs qu'elle avait lus dans le livre du destin.

THÉSÉE

Thésée eut pour père Égée, roi d'Athènes, et sa mère fut Æthra. Obligé de partir, Égée laissa à sa femme une épée qu'il mit sous une pierre et lui dit de donner cette arme à son fils quand il serait assez fort pour lever la pierre et qu'alors elle lui envoyât leur enfant là où il serait.

Quand le jeune homme fut grand, Æthra fit ce que Égée lui avait recommandé, et Thésée partit aussitôt pour Athènes. Dans sa route il tua plusieurs monstres et géants, entre autres Périphète, dont il garda la masse de cuivre en signe de victoire.

Thésée trouva près de son père Médée qui essaya de persuader à Égée que ce jeune homme était venu à Athènes, envoyé par ses ennemis et qu'il avait le dessein de s'emparer de son trône. Égée se laissa convaincre par cette méchante femme et lui ordonna de préparer du poison pour le jeune étranger; mais Thésée ayant tiré son épée, son père le reconnut et renversa la coupe empoisonnée.

Thésée délivra Athènes d'un monstre appelé le Minotaure, et cette victoire coûta la vie à son père. Il avait promis à Égée d'arborer un pavillon blanc s'il revenait vainqueur : il ne se souvint plus de sa promesse et son père crut que son fils avait péri ; de douleur il se jeta à la mer, qui, de son nom, fut appelée mer Égée. Thésée lui succéda au trône.

Ce héros accompagna les Argonautes dans la conquête de la toison d'or, Hercule dans la guerre des Amazones, Pirithoüs dans le combat des centaures ; Méléagre à la chasse du sanglier de Calydon.

Pendant un temps il fut victime de l'amitié. Pirithoüs, qui voulait enlever Proserpine et l'épouser, descendit aux enfers avec Thésée. Le chien Cerbère étrangla Pirithoüs et Pluton condamna Thésée à rester continuellement assis. Hercule le délivra et le ramena sur terre.

La fin de sa carrière fut moins heureuse que le commencement. Ses sujets se révoltèrent contre lui, et il se sauva dans l'île de Chio, où il périt misérablement.

ULYSSE

Lysse, roi de l'île d'Ithaque, était fils de Laërte et d'Anticlée. Il contrefit l'insensé pour ne point aller au siége de Troie; mais Palamède, qui voulait l'emmener à la guerre, imagina de prendre le jeune Télémaque dans son berceau et le plaça devant le soc de la charrue qu'Ulysse conduisait; le père effrayé du danger que courait son fils, détourna sa charrue pour ne pas le blesser. Cette action découvrit sa feinte et il fut obligé de partir à la guerre.

Ulysse rendit de grands services aux Grecs, et ce fut lui qui alla chercher Achille sans lequel la ville de Troie ne pouvait être prise.

Après la victoire que les Grecs remportèrent sur les Troyens, Ulysse se hâta de revenir dans son royaume retrouver sa femme Pénélope; mais ayant relâché sur les côtes de Sicile, lui et ses compagnons furent pris et enfermés par le cyclope Polyphème dans l'antre où ce géant mettait ses moutons.

Ulysse, effrayé de voir le cyclope dévorer quatre de ses compagnons, l'enivra et lui creva le seul œil qu'il eut au milieu du front. Celui-ci poussa des cris affreux et quand ses compagnons arrivèrent demandant qui l'avait blessé, il répondit : *Personne*. C'était le nom qu'Ulysse avait pris ; ils le crurent fou et le laissèrent. Les Grecs se sauvèrent alors et mirent à la voile; mais Polyphème implora son père Neptune, et le dieu des eaux égara Ulysse pendant dix ans sur toutes les mers de l'univers.

Le roi d'Ithaque fit naufrage dans l'île de Calypso, et évita par son adresse l'enchantement des sirènes.

Quand il partit d'Éolie, Éole, le dieu des vents, pour lui marquer sa bienveillance lui donna des outres dans lesquelles étaient renfermés les aquilons; malheureusement quelques-uns de ses gens les ouvrirent, et les vents en s'échappant occasionnèrent un ouragan affreux. Ulysse se sauva seul du naufrage, rentra à Ithaque, chassa les seigneurs qui voulaient obliger sa femme à se remarier et abdiqua en faveur de son fils Télémaque.

VÉNUS

VÉNUS naquit du sang de Saturne mêlé à l'écume de la mer.

Aussitôt sa naissance, elle vit se grouper autour d'elle tout ce que la mer renfermait de dieux marins ou de monstres à écailles qui venaient rendre hommage à la nouvelle divinité éclose du sein de leur empire.

Les Tritons placèrent sous ses pieds des coquilles de nâcre qui prirent la forme d'un char, des cygnes blancs s'y attelèrent d'eux-mêmes et Zéphire accourut du fond de la Thrace, dirigea le cortége vers l'île de Chypre, où les Heures se chargèrent de la nourrir.

Parée et instruite par celles-ci, Vénus fut présentée à l'assemblée des dieux ; rien d'aussi beau n'avait encore frappé les yeux des immortels, et un long cri d'admiration accueillit la merveille des ondes.

Tous les dieux demandèrent à épouser la déesse de la beauté, c'est ainsi qu'ils l'appelèrent.

Cependant Jupiter avait déjà décidé du sort de la charmante déesse et il voulut l'offrir à son fils, pour le récompenser du secours qu'il lui avait donné dans la guerre des Titans.

Vénus refusa d'abord d'épouser le plus laid des dieux, mais Jupiter fronça ses sourcils et la déesse effrayée donna son consentement à son mariage avec Vulcain.

Tout l'Olympe se trouva aux noces de Thétis et de Pélée, les divinités infernales, aquatiques et terrestres y furent invitées excepté la Discorde qui, pour se venger, jeta sur la table une pomme d'or avec cette inscription : *A la plus belle*. Junon, Minerve et Vénus se la disputèrent. Jupiter, craignant que la décision des dieux n'amenât des dissensions entre eux, envoya les trois déesses devant Pâris, jeune berger du mont Ida. Il adjugea le prix à Vénus.

Ce jugement fut cause du malheur de la ville de Troie. Minerve et Junon se mettant contre les Troyens pour protéger les Grecs, ceux-ci furent vainqueurs. Pâris fut blessé par Pyrrhus et mourut, victime du prix qu'il avait donné à la déesse de la beauté.

XANTHO

CETTE nymphe était fille de l'Océan et de Téthys. Cette déesse ayant vu Protée, un des Tritons qui habitaient les mers, désira l'épouser; Neptune voulut que le mariage de son fils se fît avec un grand éclat, et tous les dieux marins y furent conviés.

Xantho parut accompagnée de ses sœurs qui toutes avaient des attributs et des noms différents : on nommait *Dryades* et *Hamadryades*, celles qui présidaient aux forêts ; *Napées*, celles des prairies et des bocages ; *Naïades*, les nymphes qui veillaient aux sources des fleuves et des fontaines; *Oréades*, les nymphes des montagnes ; celles qui commandaient sur les flots de la mer, furent appelées *Néréides*.

Xantho ne fut pas heureuse dans l'union qu'elle avait contractée. Protée avait une propriété singulière c'était de pouvoir prendre toute espèce de formes. Il avait pour emploi de conduire paître les troupeaux de Neptune composés de veaux et de phoques marins.

Plusieurs fois, il avait été rencontré par des mortels auxquels il avait prédit l'avenir d'une manière si remarquable que bientôt sa renommée s'étendit par toute la Grèce, et chacun venait le consulter ; mais comme il avait un singulier caractère, il fallait qu'il fût contraint par la force pour révéler les secrets qu'il connaissait.

On devait d'abord tâcher de le saisir pendant qu'il dormait, le lier étroitement, et ne point le laisser échapper, quelque figure qu'il prît, jusqu'à ce qu'il revînt à son état naturel. Il se changeait en lion, en sanglier, en arbre, en eau, en feu avec facilité. C'est depuis ce dieu que l'on dit d'une personne qui pour réussir prend différentes manières, qu'il est un Protée.

Xantho eut deux fils qui faisaient mourir les hommes qui venaient chez eux; elle eut la douleur de les voir périr sous les coups d'Hercule.

YEUX, DIT ARGUS

ARGUS, fils d'Arestor, était un berger monstrueux qui avait cent yeux ; il avait le don, quand il dormait, de ne jamais en fermer plus de la moitié à la fois.

Cet homme serait resté inconnu à la terre sans une dispute que Junon et Jupiter eurent entre eux. Ces deux époux vivaient très-mal ensemble, la déesse étant d'un esprit très-soupçonneux et tourmentant sans cesse son mari.

On vint un jour dire à Junon que le maître des dieux, fatigué de son mauvais caractère, avait décidé de prendre une autre femme. Là-dessus, grande fut la colère de Junon, qui jura de se venger de celle qui devait la remplacer sur le trône.

Après bien des recherches elle sut que sa rivale était Io, fille d'Inachus, roi d'Argos. Elle s'empressa de descendre des hauteurs de l'Olympe pour venir s'emparer de la jeune fille ; mais Jupiter, qui avait été prévenu à temps par Mercure, changea Io en génisse, et quand Junon arriva sur terre, sa rivale n'existait plus.

Cependant la déesse eut encore quelques soupçons et elle demanda cet animal à son mari, qui ne put le lui refuser. Aussitôt que la génisse fut en son pouvoir, Junon la confia au berger Argus en lui recommandant de ne point la quitter des yeux sous quelque prétexte que ce fût.

Argus promit de se conformer aux ordres de la déesse et dès ce moment la pauvre Io n'eut plus un moment de repos. Jupiter était désolé de l'injustice de Junon et ne savait comment y porter remède, quand Mercure alla près d'Argus et lui joua de la flûte d'une manière si insupportable qu'il parvint à l'endormir entièrement ; il lui coupa la tête et délivra Io. Junon désespérée changea Argus en paon et elle sema sur son plumage les cent yeux de cet espion.

ZÉPHIRE

ÉPHIRE vient de l'Occident, c'est le plus agréable des vents ; c'est celui qui favorise la fécondité de la terre. Il souffle avec tant de douceur qu'il rend la vie aux fleurs et aux fruits. Il était fils d'Éole et de l'Aurore.

La déesse Flore le choisit pour son époux et leur union ne fut jamais troublée par aucun nuage. Tous deux étaient chéris des dieux et des déesses.

A la naissance de Vénus, Zéphire, qui était en Thrace, s'empressa d'accourir afin de pouvoir diriger le cortége de la déesse de la beauté vers l'île de Chypre. Toutes les fois que les dieux ou les déesses quittaient le céleste séjour de l'Olympe pour venir visiter celui des mortels, il les accompagnait et son souffle léger leur faisait supporter plus facilement l'air moins éthéré de la terre.

Les Grecs et les Romains lui rendaient un culte assidu, car ils le regardaient comme celui dont émanent toutes les richesses de la terre, et dans toutes les parties de la Grèce des temples étaient consacrés au dieu du printemps.

Zéphire avait un grand défaut, il était jaloux de l'amitié qu'Apollon portait à un jeune homme, appelé Hyacinthe. Celui-ci, fils de Piérus et de la muse Clio, était le compagnon de jeux des deux jeunes dieux. Souvent Zéphire avait reproché à Apollon la partialité qu'il avait pour Hyacinthe, le dieu se moquait de sa jalousie ; mais enfin impatienté de ces continuelles plaintes il lui répondit un jour qu'il préférait l'aimable Hyacinthe à un jaloux comme lui. Zéphire se vengea en détournant le palet d'Apollon et l'envoyant à la tête d'Hyacinthe il le tua. Apollon désolé le changea en la fleur qui porte ce nom.

FIN

Corbeil, typographie et stéréotypie de Crété.

www.ingramcontent.com/pod-product-compliance
Ingram Content Group UK Ltd.
Pitfield, Milton Keynes, MK11 3LW, UK
UKHW020419220726
13923UKWH00005B/2046

9 782019 254780